KB274659

날마다 새롭게 태어나라

날마다 새롭게 태어나라
이설산 잠언집

초판 1쇄 발행 | 2007년 11월 20일
초판 2쇄 발행 | 2007년 12월 10일

지은이 | 이설산
펴낸이 | 신현운
펴낸곳 | 연인M&B
디자인 | 이희정
기   획 | 여인화
등   록 | 2000년 3월 7일 제2-3037호
주   소 | 143-874 서울특별시 광진구 자양동 680-25호(2층)
전   화 | (02)455-3987, 3437-5975 팩스 | (02)3437-5975
홈주소 | www.yeoninmb.co.kr
이메일 | yeonin7@hanmail.net

값 10,000원

ⓒ 이설산 2007 Printed in Korea

ISBN 89-89154-89-1-03810

날마다
새롭게 태어나라

이설산 잠언집

잠언을 쓰는 작업은 치열한 자기와의 싸움이다. 절의 말씀이 곧 시(詩)라는 말이 있다. 시가 내면으로 향하니 잠언이 되었다. 말이란 비록 안에서 밖으로 빠져나가는 물리적 현상이지만 의미는 내부를 향하는 것, 나를 채찍하는 마음으로 이 책을 집필하게 되었다. 글을 쓰다 보니 남을 향해 이래라 저래라 하는 오지랖을 가지게 되었는데 매우 송구스럽게 생각한다.

제 한몸 밝히지도 못한 승려가 다른 사람을 경계하는 글을 쓴다는 것이 자못 부끄럽다. 하지만 어쩌랴, 나는 정말 오지랖이 넓은 승려이기 때문이다. 내 배 고픈 것도 모르면서 남의 배고픔을 먼저 아는 어리석은 몸이 당연한 것일지도 모른다. 생각을 말로 풀어낸다는 것이 쉬운 일만은 아니다. 그래서 매사에 '말'에 대해 신중을 기하는 편이다.

오늘날, 우리는 말이 무성한 시대에 살고 있다. 말이 무성하면 잎이 어둡게 우거져서 자신의 시야를 가려버린다. 따라서 앞을 내다보는 데도 어려움이 따르게 마련이며 당연히 맑은 마음을 가질 수 없게 된다. 내가 이 책을 집필한 것은 말을 하는 대신에 내면으로 그 말의 의미를 담아 보고자 했던 마음 때문이다.

하루를 살아도 치열하게 살고자 하는 마음이야 수행자가 아니라도 마찬가지 마음일 것이다. 타오르는 촛불처럼 모름지기 세상을 밝히기 위해 자신의 몸을 불태우는 살신성인의 정신으로 이 글을 썼다고 하면 누가 내게 돌팔매질을 할지도 모르겠다. 하지만, 나는 글을 쓰는 내내 하루를 치열하게 살다간 하루살이의 생애가 위대하다는 생각을 하고 있었다.

글을 쓰면서 말보다 글의 힘이 위대함을 깨달았고, 글이란 내면의 모습을 중심에 담아내는 작업이라는 생각을 했다. 말보다 글이 더욱 힘이 넘치고 호소력 있다는 사실은 바로 이 때문이다. 이런저런 잡다한 생각들이 가슴에 응어리가 되더니 마침내 뻘밭의 연꽃처럼 가슴에 치밀어 오른다는 생각을 했다. 당연한 생각이라 받아들이고 있다.

나는 언어의 조립을 통해 법열의 춤을 출 수 있다는 사실을 또한 문득 깨닫게 되었다. 기쁨이 넘쳐서 마음속으로 덩실덩실 추던 춤이 세상 사람들의 눈에 희망을 전하는 춤이고자 하는 마음이 간절하다. 언어를 통해 이렇게 뜨거운 춤을 추던 날이 언제였을까? 세상은 여전히 힘이 넘치고 기쁨이 넘치는 시대이다.

한 알의 밀알처럼 단 한마디의 생각이 이 글을 읽는 모든 독자분들의 생각이 되고 사상이 되고 삶의 이정표가 될 수 있기를 바란다면 산속에 사는 승려의 지나친 욕심이 아닐까? 나는 반성해 본다.

삶이란 어제의 날을 반성하고 오늘을 살필 수 있으며 내일에 대한 기대를 할 수 있다는 원칙에서 벗어날 수 없다. 죄를 범해 날마다 그 죄를 뉘우치는 범부중생의 한 사람으로 이 글을 썼다는 것을 다시 한번 고백한다. 세상이 어두워질 때 작은 구석 한 곳 밝힐 수 있는 빛이 된다면 더 이상 바랄 것이 없을 것 같다. 모든 이들에게 자비가 깃들기를…….

북한산 암자에서 달밤에
설산 합장

2. 버리고 떠나기

3. 마음의 항아리

4. 답게 살라

1. 내가 가장 행복할 때는

성치 않는 몸을 이끌고
급식소에 찾아오는 사람들을 만날 때
나는 가장 행복하다
줄 것은 작고 부족하지만
이미 받는 사람의 마음에는
크고 넘치는 양식으로
풍성하기 때문이다

비록 가진 것은 없지만
누군가에게 작은 것이나마
베풀 수 있을 때
나는 가장 행복하다

현재의 시간

사람은 누구나 현재를 살고 있다
과거는 지나가 버린 것이고
미래는 아직 오지 않았으니
기다리는 것 뿐이다
그러므로 과거에 얽매여 나아가지 못한
사람은 스스로 자기 발을 붙들며
헛걸음치는 것이다
오늘을 철저히 불살라
미래에 대한 기대가 없다면
지레 염려할 필요 또한 없는 것이다

모든 것은 현재에 달려 있다
지금 땀 흘려 일을 하면 최상의 삶을
사는 것이다
내가 지금 마주하고 있는 사람에게
최선을 다하고 지금 내가 맡은 일에
모든 노력을 다하고

내게 지금 가장 필요한 것에 모든
열정을 기울이면 그 삶이야말로
최상의 삶이 되는 것이다

과거에 얽매이지 않고
미래를 염려하지 않는 의연한 자세로
무소의 뿔처럼 혼자서 가라

삶의 힘겨움

삶이란 쉬운 일이 아니다
하루를 사람답게 사는 일은
마른 하늘을 숲으로 채우는
일처럼 어렵다

삶의 텃밭에 상추가 쑥, 쑥
자라는 것을 보니
새 봄 어느 보살의 이마에 땀깨나
맺혔을 것이다
제 입 즐겁자고 옥수수 심어둔 것도 아닌데
알알이 부릅뜬 눈으로 주인을 맞고 있다

삶이란 '나' 보다 '누구' 를 위한
것이어야 한다
벽 속에 붙박혀 오직
남을 비추기 위한 거울처럼

누군가를 비칠 수 있는 삶이어야 한다
제 몸을 태워 주위를 밝히면서
양초는 찬란하게 사라지는 것이다

삶이란 하루 하루를
목숨을 걸어놓고 살아가야 한다
치열하게 살지 않으면
하늘이 숲을 받아들이지 않는다

내일은 나도 내 삶의 텃밭에다
다른 누구를 위해
씨앗을 뿌려둘 생각이다

고독

인간은
홀로 태어나고
홀로 죽는다
탄생의 축복도 잠시뿐
세상은 뜨거운 태양 너머로
쏜살같이 달려간다

인생이란 철저하게
고독하지 않으면 안 된다
낙타처럼 쓸쓸히
사막을 걸어서 왔다가
마침내 홀로 사라져 버리는 인생

꽃이 피었다고
착각하지 말라
누구나 한때는

꽃 같은 시절이 있었지
오, 화려한 날들이여
코끼리의 무릎 아래로
꽃잎은 지는 것이다

인간의 대지에 내려졌던
무상한 축복과 훈장
그 많던 갈채!
꽃잎처럼 떨어져 내리면
남는 것은 고독뿐이다

동자승의 법칙

저기 저 태양은 뭘까?
우리 엄마 웃는 얼굴이다

그럼, 저 달은 뭘까?
두고 온 옆집 순이 엉덩짝이다

저기 저 소나무는 뭘까?
땅속에 발 빠진 나무귀신

절간의 풍경소리는 그럼 뭘까?
노스님 참선하다 하품하는 소리다

그럼, 나란 인간은 대체 뭘까?
평생 부처님 속만 태울 인간, 하하하……

나이를 먹을수록

옛날 옛적 일들이 그리워진다

백날을 짊어지고도 풀지 못한 화두놀음

한순간에 쑥, 쑥, 내뱉을 수 있었다니

요즘엔 생각이 많아 도대체

답이 열리지 않는다

단순하게 살아야

마음의 문이 열린다

여백(餘白)

화선지 위에 글씨를 쓸 때
나는 여백을 중시한다
글씨로 가득 채우면
숨쉬는 것조차 힘이 든다
삶을 깨우는 선현들의 화두를
붙들어도 여백이 없으면
마음이 열리지 않는다

글씨를 쓰면서 얻는 것은
깨달음의 즐거움이다
맑은 찻잔에 솔잎을 얹으면
마음의 여백이 생기는 것을 느낀다

비단 글을 쓸 때 뿐만 아니라
삶의 공간 요처마다
여백을 둘 수 있어야 한다
여백은 숨 쉴 공간이다

아무리 값나가는 골동품도
창고를 가득 메우면
가치가 떨어지게 마련이다

가락을 타는 악기는
빈 공간과 뚫린 구멍 탓에
청아한 기능을 하고 있다
여백이 주는 축복이다

무엇이든 가득 채우고
무엇이든 가지려고만 하는 사람들은
모르긴 해도 여백의 기쁨을
누리지 못할 것이다

여백이야말로
삶의 양식이라는 것을
지천명(知天命)에야 나는
깨닫게 되었다

종자의 생명

저절로 떨어진 씨가
겨울에는 땅속에서 얼어 죽기도 하고
봄이 되면 자생하여 활력 있게 돋아난다
씨에는 생명이 있고
땅에는 능력이 있기 때문이다

하늘의 무한한 능력이
마른 땅에 비를 내려 수분을 공급한다
태양의 온기로 땅에 묻힌 씨앗의
눈을 뜨게 한다

인간이 자식을 낳아 번성하듯
식물 또한 종자를 낳아 번성한다
뿌리를 땅속에 묻고
햇빛과 이슬을 머금어
꽃을 피워 올린다

식물은 이동할 수가 없는 운명
동물처럼 이동하면 하나 둘을 낳겠지만
그럴 수 없으니 수천의 종자를 날려 보낸다
그 날려 보낸 씨앗이
생명의 여행을 하는 것이다

삶의 축

세상의 중심에 서 있는 사람은
바로 자신이다
내가 어떤 경우이든 삶의
축이 되어야 한다
마음의 중심에 곧게 축을 세우고
흔들리지 말아야 한다
그러기 위해서는
심지를 깊게 박아야 한다

사람들은 대개 세상의
외곽에 자신을 둔다
내가 축이 되어 움직이는 것이 아니라
다른 사람의 축을 따라서 움직인다
자신의 의지가 아니라 남의 의지에 따라서
자신의 시각이 아니라 남의 시각에 따라서
움직이는 것이다

옷을 사러간 남편은 결국
자기가 입고 싶은 옷이 아니라
아내의 시각으로 옷을 사서 입게 된다
단편적인 예이다
옷뿐만 아니라 음식이나 놀이, 여행 등등
어떤 결정의 순간에도 다르지 않다

삶의 축을 누구한테 두느냐가 중요한 법이다
자신의 삶을 철저히 살려면
당연히 내가 삶의 축이 되어야 한다
자기의 삶을 탄탄하게 잡아줄 견고한 축이
나를 붙들고 놓아주지 않아야 한다

이것만이
자신의 삶을
오롯이 사는 비결이다

해탈

암자 툇마루에서
노승이 낮잠을 자다가
꿈에 만난 부처를 따라가서
다시 돌아오지 못하더니

다비(茶毘)를 마치고
사리 수습을 하던 날
생전의 모습으로 암자에 올라와
벽을 보고 헛기침을 하시더라

아무도 그 모습 보지 못하는데
무료한 세월 너머로
나이만 늙은 줄 알았던 절간의 누렁이[黃狗]가
오직 홀로 반갑다고 그 스님을 맞더라

해탈이란
그리 대단한 것이 아니라네
오고 가는 흔적없이 그대로인 것
살고 죽는 경계조차
당초에 구별 못하는 것이다

암자의 마루 밑에서
혹독하게 자신을 낮추며
누렁이는 해탈에 이른 것이다

가을 하늘

가을 하늘은 높고 푸르다
성숙한 여인의 계절
남자는 우울한데
자연은 풍요롭게 열린다

여인의 무르익은 얼굴처럼
무르익은 가을의 향기
그 옛날 한 아이가
엄마의 젖꼭지를 빨며
올려다본 하늘은 정말 높다

낙엽이 져도 가을이 좋다
하늘이 높아서 좋은 것보다
하늘이 맑아서 좋은 것보다

그저 마음이 살찌는
느낌으로 좋다

약속

힘을 믿지 말라
권세도 믿지 말라
힘은 파하게 마련이고
권세는 십 년을 넘지 못한다

교만한 사람은
힘과 권세를 믿는다
그러나 교만한 사람은
하늘이 약속을 지키지 않는다

힘과 권세로
누구를 부리려고 하지 말라
은혜의 길이 아니다
자신의 목이 마르면
스스로 두레박을
우물 속에 던져야 한다

그 우물 속에
참된 길이 있다
하늘이 약속한 것은
하늘이 지키는 것이며
교만한 자와는
약속하지 않는다

이별

십 년을 가슴에 품은 님을
떠나 보낼 때에
이것을 이별이라 사람들은 말을 하지
매듭처럼 얽힌 지난날의 인연이
강가 언덕에서 바람처럼 빠져나가는 것을
누구는 보고 울었겠지

아무리 빽빽한 나무숲도
달아나는 바람이야 막을 수는 없지
나무들 팔을 벌려 도열한다 해도
촘촘한 그물에도 바람은 걸리지 않는 법

가슴으로 엮은 사연들
실처럼 줄줄이 풀려나가 버리면
텅 빈 하늘에 낮달이나 하나 걸리겠지
돌아서던 지난 세월이
낮달처럼 허공에 걸렸겠지

그대와 잡은 손을
이제 놓아버려야 할 때
한 송이 꽃을 피우지도 못하고
강가 언덕에서 부서지던 꿈이여

이별이란
바람처럼 그대가 그물을 빠져나가는 것이지
눈부신 꽃길 위에 뿌려지는 눈물이지

고독과 죽음

인간에게 필요한 두 가지가 있다
고독과 죽음이다
우리에게 고독이 없다면
사색하는 즐거움이 사라져 버린다
고독할수록 사색의 시간이 늘어나는데
그 순간순간 반짝 빛나는
깨달음의 눈을 응시하게 된다

죽음은 필연적인 것임은 모두가 알고 있다
그러나 죽음이 없다면 인생의 의미가 없다
죽지 않고 영원히 살 수 있다면
일하지도 않고 노력하지도 않을 것이다
죽음이 있기 때문에 남겨진 하루 하루가
소중하게 생각된다

고독하지 않고는
삶의 오묘한 순간을 느낄 수가 없다

옆구리를 스치는 바람의 노래가
메마른 허수아비의 노래이듯
외로움에 젖을 수 있어야 한다
고독이란 철저히 혼자서 찾아가는
깨달음의 세계인 것이다

죽지 않고는 거듭날 수가 없다
날마다 날마다 거듭 거듭 죽어야
되살아나기 때문이다
인생이란 반드시 다시 태어난다
자신의 업에 따라 윤회하게 되는 것이다
현재의 내가 과거의 누구였음을 인식해야 한다

죽음이란 곧 부활을 의미한다
죽지 않고는
결코 다시 태어날 수 없기 때문이다

고독과 죽음을
매 순간
의식하지 않으면 안된다

축복

하루 하루 사는 일이
잔치가 되어야 한다
내 인생의 장(場)에서
굽이굽이 삶의 울림이
되살아나야 한다

생각을 멈추지 말라
그렇지 않으면 울림이 없다
하루를 내뻗는 힘은
울림에서 나오는 것이다

만나는 사람마다 힘차게 손을 뻗어
악수를 하라, 축복이 자신의 것이다
생의 길목에서 날마다 싱그런 잎사귀를
피워 올려라, 지혜의 문이 열릴 것이다

한 굽이 꺾어 돌아나갈 때마다
나를 위한 잔치가 마련되어야 한다
생각을 멈추지 말라
저 깊은 데서 절로 용솟음치는
울림으로 순간 순간을
맞이해야 하는 것이다

하루를 사는 일이
잔치가 되면
한 생애를 사는 일은
축복이 되는 것이다

자기의 인생에
당당한 주인이시여!

친구

내 한숨 꺼내 맡길 수 있는
그런 친구가 그립다
훌쩍 가버린 세월
그 세월을 찾아줄 친구는 지금
어디에 있는가

누구는 벌써 성불(成佛)을 했고
누구는 벌써 부처가 되었다는데
이 몸은 업이 많아
바랑 속에 시름만 남았구나

해 떨어지는 줄도 모르고
절간 돌층대에서
세월을 건져 올린다

친구여! 맨 몸뚱이 하나 가지고도
당당하던 시절이 있었지

저 태양을 몸뚱이에 감고 지금 이 순간
삶을 불태워 버리자던 그 약속
친구는 기억하는가?

세월이 덧없다 해도
생각은 자꾸 뒷걸음치니
이 몸 살아온 날들이
한순간 꿈이었네 그려

친구여!
수행도 한때라는 말이
귓전에 어른거리네
꼭 성불하시게나!

무념무상(無念無想)

눈에 보이고
귀에 들리는 것에
거슬림이 없다면
세월의 나이가 무르익은 것이다

눈은 자비로 가득차고
귀로는 고요히 시냇물 소리가 흐른다

보았다는 염(念)도 없고
들었다는 상(想)도 없으면
새는 비(飛)하였으되
자취가 없고
냇물은 유(流)하였으되
무심천(無心川)만 돌고 돈다

지나가는 소를 보았는가?
풍경소리만 들었을 뿐이지
진정 풍경소리를 들었단 말인가?

귀를 막았으니 마음[心]이 슬쩍
곁눈질했을 뿐이지

무념무상(無念無想)이
여래의 문을
활짝 열고 있다

매력(魅力)

수줍음이 없는 사람은
활달한 사람이다
일을 함에 있어서도
거침이 없다
마음 먹은 순간에
주저없이 행동에 옮긴다

내뻗는 손은
단호한 결기로 차 있다
그러나 거침없는 것이
반드시 좋은 것은 아니다
주저없는 행동은
일을 그르칠 수가 있다

사람이 수줍음도
알아야 한다
이것은 상대에 대한 예절이다

수줍은 태도는
머뭇거림이 아니라 신중이다
상대에 대한 배려의 태도가
수줍음으로 나타나는 것이다

품속에 간직한
손수건을 보여주듯
꺼내어 보여줄 수 있어야 한다

수줍음은
슬쩍 감추어둔 자기만의
매력인 것이다

내가 가장 행복할 때는

나는 가진 것이 없는 사람이다
그런데도 버려야 할 것들이 있다
책꽂이에 꽂힌 책마저 사심없이 버릴 수 있어야
소유에서 자유로워지게 된다

누군가에게 베풀 수 있는
한 끼니의 밥을 지을 때처럼
행복한 순간은 없다
급식소의 식당 주방에서
땀 뻘뻘 흘리며 밥을 푸는 노보살의 이마가
참으로 아름답다
행복이 그 이마 위에 있음을
느끼기란 그리 어려운 일이 아니다

먹는 일이 뭐 그리 대수라고 말하는
사람도 있다
그러나 급식소에서 먹는 밥은
마음의 양식이다

몇 스푼의 이밥과 목을 축이는
국물이 아니라 생명을 지탱하는
소중한 에너지인 것이다

성치 않는 몸을 이끌고
급식소에 찾아오는 사람들을 만날 때
나는 가장 행복하다
줄 것은 작고 부족하지만
이미 받는 사람의 마음에는
크고 넘치는 양식으로
풍성하기 때문이다

비록 가진 것은 없지만
누군가에게 작은 것이나마
베풀 수 있을 때
나는 가장 행복하다

깨달음 더디다고

깨달음 더디다고
자책하지 말아라

그것마저
욕망이다

본래 깨달음이란
없는 것

감히 깨달았다고 말하는 자들은
자신이 죽기 전에는 모르는 것이다

깨달음 얻었다고 자만하지 말아라
그대 아직 세상에 머문다면
깨달음의 배꼽에도 이르지 못한 것이다

본래 깨달음이란
살아서는 느낄 수 없는 세계
한평생을 벽에 걸어둔 화두가
죽는 순간에서야 비로소
풀리게 된다

깨달음 더디다고
자책하지 말아라
죽는 순간에는 누구나 지혜의 문이
활짝 열리게 된다

수행자들이 죽음을
두려워할 이유가 없는 까닭이
여기에 있다

차이

도시인들은
콘크리트 벽에 갇혀서도
미래의 행복을 꿈꾼다
자기 소유의 단단한 벽을 쌓고
자기 소유의 물질을 갖기만 하면
달콤한 행복이 보장될 것이라 믿는다

반면에 시골 사람들은
이웃을 위해 담벽을 허물고
부족한 양식을 나누면서도
다만 내일의 행복을
염려하지 않는다

행복이란 것도
생명처럼 살아서 움직인다
벽에 갇히고 물질에 눌릴 때
한 발짝도 걸어 들어오지 못한다

허물어낸 담벽 만큼 누리고
덜어낸 물질 만큼 쌓이는 것이
행복의 본질이다
행복한 삶은 그 중심에 존재한다

말의 품

말은
품이 넓어야 한다

아량으로
추스르고 상대를
배려함으로 말은 완성된다

말함에 있어
아량이 없으면
상대의 체면을 떨어뜨리고

들음에 있어
배려가 없으면
상대의 입술을 막게 된다

말의 품이란

아량과 배려로

타인을 대하는 것이다

한 권의 책

인생은 한 권의 책과 같다
삶의 갈피마다 의미가 담겨 있다

어리석은 사람은 아무렇게나 책장을 넘기지만
현명한 사람은 공들여 책을 읽는다

책장을 대개 두 번 넘기지 않는 것처럼
인생 역시 두 번 살 수가 없다
최선의 죽음보다 최악의 인생이 낫다는
까닭이 여기에 있다

책장의 갈피에
소중한 삶의 기록을 담듯
인생의 갈피마다 소중한 삶의 자취가
묻어나야 한다

때때로 지겨운 인생의 굽이에서
추억처럼 꺼내 볼 수 있는 여유를 지녀야 한다
인생의 페이지에
정돈된 삶을 잘 담아낼 수 있어야 한다

새해 새 아침

새해가 밝았네
첫 출발의 의미
나의 의지를 바로 잡으리라
내게 새로운 계획을 하라는 날이다

새해를 맞아
잠복한 악의 요소들이
솟구치지 말도록
심기일전해야 한다

새로움은 신선한 것
새해는 신선한 것
처음 결심 그대로 한 해를 살아야지

해와 달은
어제처럼 오늘도 떠오른다

은혜로운 이 땅
기름진 자연의 향기

새해 아침에
가장 먼저 자연을 입에 담는다

두두물물(頭頭物物)

철학자 러셀이 말했다
'조약돌 하나에도 철학이 있다'
맞는 말이다
부서진 모랫벌도 반짝임이 있지 않나

비뚤어진 나무를 제대로 볼 줄 아는 사람은
그것을 잘 다듬어서 훌륭한 조각품을 만들어낸다
찌그러진 그릇이 소용없다 누가 이르는가
삶의 질감은 편편함에서는 느낄 수가 없다

고속도로를 직선으로 질주하는 운전자의 건조함이
굽이도는 산자락의 떨림과 율동에 비교될 수 있으랴

작은 것을 작다고 탓할 수 있는가
약한 것을 약하다고 탓할 수 있는가
작은 것은 단순한 아름다움이 있다
그 아름다움을 읽어낼 수 있어야 한다

약한 것은 강렬한 동정심을 일으키게 한다
이것이 생명력이다

길섶 바위틈에 피어난 야생화
그 속에 감춰진 생명의 신비함을
긴 지혜의 더듬이로
더듬을 수 있어야 한다

2. 버리고 떠나기

인간은 떠날 때에 가벼워야 한다
눈부시도록 화려한 의복의 털끝 하나
가져가지 못한다
빈 손 알 몸되어 그마저
불구덕에 연기처럼 사라져 버린다

집착은 떠날 때에 부끄럽게 만든다
마음을 비우고 욕심을 비우고 인연마저 비우면
떠날 때에 자유롭다
버릴수록 정신의 세계는 풍요로운 것이다

인연(因緣) 1

천 년을 만나도
마음에 닿지 않으면
그것은 인연이라 할 수 없다

달이 천 년을 우물 속에 떠 있다고
우물이 달을 품은 것은 아니기 때문이다
마음이 멀리에 있으면
모든 것이 부질없다

한순간의 만남이
전 생애를 사로잡을 때
견우와 직녀처럼 질긴 인연의
끈을 만들게 된다

불나비는 한순간 만남이
그리움이 되어 제 몸을 불꽃 속에
태워버리지 않았던가

인연이란
스치는 것이 아니라
붙드는 것이다

천 년의 세월을 붙드는 것이
사람의 연(緣)이다
사람의 마음에 닿을 수 있어야 한다

인연이란
달이 천 년을 우물 속에 떠 있는 것이 아니라
우물에 비친 달을
표주박에 떠올린 스님의 깨달음 같은 것이다

나의 희망

나는 수행자이기 이전에
한 가슴 따뜻한 인간이고 싶다
참선의 깊이를 더하여
깨달음을 얻는 것도 중요하지만
달이 차면 기운다는 한 깨달음보다
다만 가슴속에 하나의 따뜻한
정(情)을 간직하고 싶다

부처가 되기 이전에
먼저 인간이고자 한다
부처의 세월이 단 하루도
내게 오지 않는다 하더라도
나는 중생들 속에서
어깨를 부딪치며 살아가는
소박한 한 인간이고자 한다

부처는 한 깨달음으로도
그 경지에 오를 수 있을지 몰라도
진정한 인간이 되는 일이란
세속의 온갖 잡사에 물든 때를
한 꺼풀씩 벗겨내며
한숨과 고통에 시름젖은 사람들 속에서
더불어 살아가는 과정이다

인간들 속에서
나는 진정 부처를 볼 수 있다는 깨달음을
머리가 아닌 가슴으로 느낄 수가 있다

제행무상(諸行無常)

강가에 앉아

흘러가는 물소리를 듣고 있으면

물도 흐르고 시간도 흐르고

내 마음도 흐르는 것을 알 수 있다

물은 돌, 돌, 돌 소리로 흘러가고

내 짧아진 그림자가 시간을 떠밀 때

나의 마음도 홀로 무심히 흐르고 있다

흐르지 않는 것은 없다

변하지 않는 것도 없다

그대 마음 붙들지 못해 강가 언덕 너머로

사라져간 이별(離別)

그게 어디 '나'의 탓이더냐

물자리 깊이 뿌리내린 연잎 위를

그때 아픈 기억처럼 또르르 미끄러져 떨어지다가

히뜩 흐르는 세월의 어깨를 붙드는데

비로소 새벽의 정신이 열린다

모든 것은 변하는 것이다
아파하는 마음도 흐르다 보면
무심천(無心川)에 닿는 것이다

용감(勇敢)

처음부터 용감한 사람은 없다
비록 겁쟁이라도 마음속으로
용감한 척하다 보면 결코 겁쟁이가
아님을 알게 된다

습관이란 무서운 존재
용감한 척하던 습관이
정말로 그 사람을 용감하게 만들어 버린다

바로 그가
아리스토텔레스이다
그는 용감한 척하다가
용감한 사람이 되어버린 첫 번째 사람이다

우리가 이따금씩
자신을 슬쩍 속여 넘기는 것도
현명할 때가 있다

진리에 의지

하루를 살아도
진리를 벗어날 수 없다
단 한순간도 진리를 벗어나는 것은
수행자의 태도가 아니다
모름지기 수행자는
진리에 의지할 수밖에 없다

진리만이 변하지 않는다
우주의 만물이 변하지 않는 것이 없으나
오직 진리만이 참모습으로 반짝이고 있다
거대한 산도
진리 앞에서는 무릎을 꿇을 수밖에 없다

청산(靑山)에는 낙화(洛花)요
만홍(萬紅)에는 낙엽(落葉)이라

무릇 보이는 것은
덧없이 흘러간다
흘러가는 물을 잡을 수가 없듯
흐르는 세월을 붙들 수가 없다

세상을 붙드는 삶은
실패한 삶이다
수행자에게는 더욱 그렇다
진리에 온전히 의지하고
무소의 뿔처럼 혼자서 걸어가라!

인생의 단계

인생에는 단계가 있다

나무는 자라서 꽃을 피우고
열매를 맺는다
그러나 너무 일찍 열매를 맺어서는 안 된다

어린 시절에는 어린이다운 덕을 지녀야 하며
청년 시절에는 그 싱싱한 맛과 기운을 일으키는
정념의 열렬성을 지녀야 하며
장년 시절에는 모든 사상과 감정의 성숙과
이미 완성된 행위에 의해서
단련된 품성의 견실성을 보여야 한다

노년 시절에는 혀끝으로 차를 음미하는 시절이다
찻잔에 담긴 향의 맛을 스스로 인식한다
한 잔의 차를 마시듯 빨리 차를 마셔서는 안 된다
바닥이 빨리 드러나 버리면
노년이 따분하기 이를 데가 없다

인생에는 단계가 있다
그 단계에 충실할 때
인생의 의미는 가치있게 다가온다

산사(山寺)에서

초승달이 연못 위에 떠 있다
청둥오리 떼가 물살을 가르며 나아가네
한가롭다
달빛이여 우리는
오리처럼 세상이란 연못에 갇혀
흰 달빛만 한줌 흐리게 하네

한가롭다는 것은
일을 하지 않고 움직이지 않는 것을
말함이 아니라 손을 바삐 놀려
숨가삐 일을 하면서도 급하지 않는
마음을 지니면 한가로운 여유를 느끼는 것이다

우리는 모름지기 내면을 다스릴 수 있어야 한다
고요한 가운데 움직임이 있고[靜中動]
움직임 가운데 고요함이 있어야[動中靜]
수행의 경지에 도달한 것이다

인생의 중심에
한가로움, 즉 여백(餘白)이 없다면
우리 삶은 팍팍할 수밖에 없는 것이다

버리고 떠나기

무엇이든 집착하지 말라
집착이 지나치면 병이 된다
미련을 버리지 못하면 회한(悔恨)만 쌓이고
그리움에 집착하면 고독만 쌓일 뿐이다

관계란 영원하지 않다
언젠가 깨지는 것이 관계이다
인연이란 것도 영원하지 않다
생명이 끊어지면 인연 또한 툭 끊어지는 것이다

세상에 영원한 것은 없다
무쇠솥이라고 닳지 않는 것이 아니다
낙숫물이 바위를 뚫어버리듯
마침내 이 세상도 닳아 없어질 것이다

인간은 떠날 때에 가벼워야 한다
눈부시도록 화려한 의복의 털끝 하나

가져가지 못한다
빈 손 알 몸 되어 그마저
불구덕에 연기처럼 사라져 버린다

집착은 떠날 때에 부끄럽게 만든다
마음을 비우고 욕심을 비우고 인연마저 비우면
떠날 때에 자유롭다
버릴수록 정신의 세계는 풍요로운 것이다

인간적이어라

흘러가는 시간을 포착하라
시시각각을 선용하라
인생은 짧은 여름과 같다
인간은 꿀이다
꿀이 다하면 죽게 마련이다

죽음은 화살처럼 빨리 온다
인간이여 인간적이어라
그것이 당신의 첫째 의무이다
모든 사람들과 인간과 무연하지 않는
모든 것들에게 인간적이어라

인간애(人間愛) 없는 곳에는
지혜 또한 없다

하루 하루 열심히

인생은 수예를 놓듯 해나가야 한다
한땀 한땀 수를 놓다 보면
삶의 무늬가 새겨지게 된다
밝은 눈동자로 새기면
화사한 무늬가 열릴 것이다
마음이 올바라야 눈동자가
밝기 때문이다

오늘 일을 내일로 미루지 말고
열심이어야 한다
지금 당장에 일을 시작하라
위인들이 도달한 봉우리는
한순간에 도달한 것이 아니다
다른 사람들이 자고 있는 동안에도
한 걸음 한 걸음 내뻗었기 때문이다

그 일생을 적극적 완성을 위해
노력하고 있는 사람에게는
불만족이라는 것이 있을 수 없다
그 사람이 원하고 바라는 것은 모두
그 사람의 의지에 있기 때문이다

정진을 할 때는 목표를 뚜렷이 세워야 한다
아홉 길 우물을 파는 데도
물이 나오지 않는다면 실패한 것이나 다름없다

인간의 노력은 위대하다
한 걸음의 시작이 수천 미터의 정상에 이르는 지름길이듯
하루 한순간의 정성이
한 생애의 점점을 이루는 에너지이다

이천(耳淺)

귀가 얇다는 말을
우리는 간혹 듣게 된다
남의 말에 금방 호감을 갖고
남의 말에 경계를 갖지 않으며
남의 말에 금방 신뢰를 보내는 것
이런 사람을 귀가 얇은 사람이라고 한다

무조건 남의 말에 반감을 드러내며
진위(眞僞)를 가리지도 않고
담벽부터 치는 것은 지나친 편견이다

귀가 얇다는 사람은
선량한 사람이요 성품이 넉넉한 사람이다
상대를 향해 열린 마음으로 다가갈 때
비록 남은 귀가 얇은 사람이라 말할지라도
얇은 귀의 이면에는
인간미가 넘치는 것이다

귀가 두꺼운 사람보다
귀가 얇은 사람에겐 차라리
순수함이 배어 있기 때문이다

날마다 새롭게 태어나라

우리는 날마다 새롭게 태어나야 한다
지난 일을 되새기며 오늘을 살아가고
내일을 계획해야 한다
한순간도 변하지 않으면 죽은 삶밖에 되지 못한다

자기관리를 철저히 해야 한다
외면의 청결은 물론이거니와
내면의 관리는 한순간도 거를 수가 없는 것이다
정신이 무디면 우리는 당장
위험에 처하고 만다

날마다 새롭게 거듭나지 않으면
침체되어 버린다
정신이 새롭게 눈을 뜨지 못하고 고여 있으면
내면은 금세 부패하고 마는 것이다

우리는 한순간도 정지되어서는 안된다

진정한 가치(價値)

어떤 아이가 동전 100원을
도자기 속에 빠뜨렸다
아이는 손을 펴서 가까스로
좁은 도자기 입 속으로
손을 집어 넣었다
그리고 동전 100원을
손에 움켜쥐었다

아이가 동전을 도자기 밖으로
꺼내려고 하는데 손을 밖으로
빼낼 수가 없는 것이었다
아이가 움켜쥔 손을 결코
펴지 않기 때문이었다

아이의 할아버지는 아이를 달래 보았다
그런데도 아이는 절대로 움켜쥔 손을 펴지 않았다
마침내 할아버지는 도자기를 깰 수밖에 없었다
그 도자기는 싯가 3000만원짜리였다

우리는 간혹
작은 것 때문에
큰 것을 잃는다
당장 손에 잡힌 것만이
중요하다고 생각하기 때문이다

나는 누구인가

우리에게 가장 절실한 물음이란 무엇인가
당신은 돈을 얼마나 버는가?
당신은 재산을 얼마나 모았는가?
이것은 참으로 부질없는 물음이다
수수밭에 켜켜이 쌓아놓은 수숫단도
한번의 장맛비에 쓸려가고 만다

우리에게 가장 절실한 물음이란 무엇인가
당신은 지위가 얼마나 높은가?
당신은 권력을 얼마나 가지고 있는가?
이것은 참으로 위태로운 물음이다
권불십년(權不十年)이니 그 이후를
어찌 견뎌낼 것인가

사람이 지위와 권력을 갖게 되면
수많은 적을 만들어내게 마련이다

우리에게 가장 절실한 것은
나는 누구인가에 대한 물음이다
이 물음에 대답하지 못하고는
인생을 잘 살고 있다고 말하기 어렵다

어떠한 물질이나 부귀영화
또는 지위나 권세, 명예라는 것도
진정한 행복 앞에 맞닥뜨리면
무너질 수밖에 없다
그것은 결코 단단한 성벽이 아니기 때문이다

묵묵히 일을 할뿐

몸의 여러 부분들이
위(胃)에 대해서
반란을 일으켰다
그들은 말했다
위라는 놈은 아무 일도 하지 않고
매일 맛있는 것만 먹고
호의호식만 하고 있다

우리들은 언제까지 그놈에게만
좋은 일을 시킬 수가 없다
이렇게 해서 몸의 다른 부분들은
위에 먹을 것을 운반하는 것을
중지해 버렸다

그러자 몸 전체가 갑자기 약해졌다
그들은 큰일났다고 생각했으나
이미 때는 늦었다

우리 주위에는
말없이 최선을 다하는
사람들이 있다
그들은 너무 겸손하여
목소리조차 드러내지 않는다
다만 그 자리에서 묵묵히 일을 할 뿐이다

너밖에 없노라고

옛 사랑을 생각한다
하루라도 못 보면 죽을 것 같던 날들
모두 지나가 버렸네

사랑의 고민과
그 모든 열정들 이제는
쓸쓸한 기억뿐이네

나의 틀에 맞춰지지 않은 상대여
내 팔자(八字)를 노래 부를 이유가 없다
어느 날 몸살감기에 약을 사오는 사람은
나의 반려자뿐

지난 세월을 건져 올려 무엇하랴
이별을 꿈꾸지 못한 시절에는
하루라도 살았으면 빌었던 날들이었지

어느 햇살 좋은 봄날
흰 머리를 햇볕에 말리며
옛시절에 잠겨 본다

그리 나쁘지는 않다

현재 이 자리

인간들은
자신이 서 있는 자리에 대한
불평을 많이 한다
내 반대편 자리에는 신기루가
있을 것처럼 생각한다
그래서 호시탐탐 저쪽 자리를
넘보며 동경하는 것이다

그러나 현재 자기가
서 있는 바로 그 자리가
최상의 자리임을 깨달아야 한다
뿌리를 단단히 내린 사람은 자리에 연연하지 않는다
그저 천직으로 여기며 평생을 살아간다
채 뿌리를 내리지도 못한 사람들이
자리타령을 하는 것이다

나무는 한번 자리잡는 데서 옮기게 되면
심한 멀미를 한다
그러다가 끝내 죽고마는 경우도 있다
우리는 자리를 탓할 것이 아니라
단단히 뿌리를 내리는 과정이 필요하다

척박한 땅에서 나무들은
오랜 세월을 견뎌내며
마침내 제자리를 옥토(沃土)로 만들어 버린다
우리가 지혜롭게 사는 길은
현재 이 자리에 충실하고 자족(自足)하는 삶이다

일신(日新), 우일신(又日新)하라

삶에 변화가 없다면
무의미한 삶이다
어제의 내가 오늘의 나와 다르고
오늘의 내가 내일의 나와 다를 수 있다면
그는 신선한 삶을 사는 것이다

어제도 그렇고
오늘도 그렇고
내일도 그런 삶을 살았으되
감동은 없다
무릇 삶이란 가슴에 감동을 만드는 일이다

사람은 날마다 태어나야 한다
날로날로 새롭게 인생을 살아야 한다
마음속에 차라리 화단을 가꾸고
하루하루 새싹이 트도록
정성을 다해야 한다

수행자가 따로 있을 수는 없다
세상에 태어나 살아가는 그 자체가
멀고 먼 수행의 길이다
하루를 살아냈다는 것은
그 수행의 첫 단계요
어제와 다른 하루를 살아냈다는 것은
그 수행의 중간 단계요
오늘과 다른 내일을 계획할 수 있다는 것은
수행을 완성하는 것이다

일신(日新)하고
우일신(又日新)하라!

마음에 달려 있다

천재의 특징은 좋은 일을 빨리하는 것이다
배우기는 적게 하고서도
때로는 배우지 않고서도
단시간에 일을 완성할 수 있다

그렇지만 이것이 반드시
일을 성취하는 것은 아니다
인내와 근면으로서 일을 착수하면
때로는 천재 이상의 일을 성취할 수가 있다

괴테는 말했다
'서두르지 않고 쉼없이 일하다 보면
평범한 사람도 천재를 능가할 수 있다'

천재는 부러움의 대상이 아니다
두 명의 보통 사람이 한 명의 천재를
눕힐 수가 있다

모든 것은
마음에 달려 있기 때문이다

말[言] 1

말은 깊은 뇌 속에서
비롯되어야 한다
사고(思考)를 동반하여 오지 않으면
허언(虛言)이 되게 마련이다

나는 말을 다스리는 방법으로
삼사일언(三思一言)을 최고로 친다
세 번 생각한 끝에 한 번
뱉아내는 말에는 신중함이 묻어 있다

말이란 무릇 중요한 것
한번 잘못 뱉은 말의 악업은
돌이킬 수가 없다
한 마디의 실언은 백 마디의 참 말보다
그 영향력이 큰 법이다

말은 곱씹고 곱씹은 다음에야
건져 올리는 낚시처럼
한 마디를 신중히 건져 올려야 한다
말이란 숱한 사고(思考)의 낚시가 되어야 한다

말[言] 2

말은 그 사람의 인격을 반영한다
말 속에는 그 사람의 생각이 들어 있기 때문이다
초면인 사람은 외모로는 하루종일 들여다보아도
그가 누구이며 어떤 사람인지 분간할 수 없지만
마주앉아 말을 나누면 십중팔구
그 사람에 대해 터득하게 된다

그가 사용하는 어휘뿐만 아니라
말 속에 묻어나는 향기로써
그 사람의 인격을 가늠하게 된다

말은 자신을 보여줄 수 있는
최상의 수단이다
그러나 아무리 화려한 말도
진실을 잃으면
한낱 소음에 지나지 않는다

가식적인 말은
비록 구르는 듯이 입술 끝을 타고 넘지만
상대의 가슴에 닿을 수가 없다
상대는 이미 문을 닫아버렸기 때문이다

말은 인격의 뜰이다
지식과 성품도 말을 통해 전달된다
그러므로 사람은 '뜰' 을 가꾸는 정성으로
말을 가꿀 줄 알아야 한다

말이 두 사람을 사이에 두고
아름답고 향기로운 꽃으로
피어날 수 있도록 깨어 있을 때마다
정성으로 보살펴야 한다

말은 그 사람의 모든 것이다

인연(因緣) 2

만남은 인연을 불러온다
자기 의지로써 만남을 갖고
그 의지로써 만남을 피할 수가 있다

내가 싸움판에서 누군가를 만나면
그 인연은 싸움판을 벗어나기 어렵다
흙탕물로 향한 물고기는
흙탕물에서 평생을 살게 될지도 모른다

그러나 누군가를 돕는 일로
어떤 사람을 만났다면
그 인연은 참으로 의미 있을 것이다

인간은 좋은 인연을
맺고 살 수 있어야 한다
비록 나쁜 인연이라도 어떻게
마음을 쓰느냐에 따라 달라질 수가 있다

매 순간에 최선을 다하라
자신의 의지를 올바르게 써라
좋은 인연을 만들도록 애써야 한다

좋은 만남은 좋은 업을 만들고
나쁜 만남은 나쁜 업을 만든다
모든 것이 자신의 의지로써
움직일 수가 있다

시계의 태엽을 감듯

삶의 노정에서
허둥대는 사람들을
우리는 만나게 된다

무엇을 위해 이토록
숨돌릴 틈조차 없이
살아들 가는가

마음이 급할 때는
나도 모르게 서두르게 된다
삶의 계단을 정신없이 뛰어오르다 보면
반드시 한번은 넘어지게 되어 있다

마음이 급할 때일수록
여유를 가질 필요가 있다

어떤 사람들은
또한 인생의 길목에서
헛되이 걸음을 낭비하는 사람도 있다
목적없이 배회하다 시간은 훌쩍
저 혼자 지나가 버린다

인생을 느슨하게 살아가는 사람들은
삶의 고삐를 팽팽히 당겨야 한다
지나친 여유는 사람을 게으르게 만들 수 있다
마음이 느슨하게 풀릴 때
시계의 태엽을 감듯
바짝 추켜세울 필요가 있다

3. 마음의 항아리

모든 것을 다 버리고
물처럼 단순하고 소박하며 담담한 것으로
마음의 항아리를 채워야 한다

맑고 깨끗해야 한다
정직하고 진실돼야 한다

지나가는 바람에 흔들리지 말아라
높은 곳을 향해
마음의 항아리가 활짝 열려 있어야 한다

알몸 1

새들은
치장하는 법을 모른다
태어난 그대로 한평생 불평없이 살아간다

나무들도 치장하는 법을 모른다
잎이 무성해지고 오색단풍이 드는 것은
제 뜻이 아니지만 그마저도 떨쳐버리고
긴 겨울을 알몸으로 보내는 것이다

인간만이 치장을 한다
단순히 알몸을 가리는 것이 아니라
화려하고 눈부시게 꾸미는 것이다
그것으로 남의 눈을 현혹시키고
온갖 허세를 부리려고 한다

알몸은 스승보다 소중한 가르침을 준다
알몸으로 만나면 굳이 감출 것이 없다
알몸으로는 쌓인 금은보화조차

가질 수가 없다
주머니가 없기 때문이다

우리는 마음마저 알몸이 되어야 한다
내면이 훤히 드러나는 솔직함이 묻어나야 한다
말을 함에 있어 치장을 하게 되면
사람이 간사해지게 마련이다

새들은 치장하기 위해
깃털을 쪼는 것이 아니다
하루 일과를 마치고 둥지에 들기 전
제 몸에 묻은 더러운 때를 털어내기 위함이다

알몸은 순수의 상징
부부가 의식을 치를 때는 반드시 알몸이어야 한다
알몸은 또한 영혼의 상징이다
두 영혼의 울림을 통해 신성한 생명이
탄생하는 것이다

알몸 2

남의 것을 탐내지 말라
시기도 하지 말라
질투도 하지 말라
성내는 것도 말라

아아, 모든 것을 버려야 한다
한 꺼풀 한 꺼풀
내 본성을 가리는 의복을 벗고
알몸이 되어야 한다

인연의 업을 만들지 말라
가능한 모든 것을 버려야 한다
바랑 속의 화두마저 버려야 한다

인생이란 무엇인가
깨달음 얻고자 하니
이것마저도
집착이 되어버린다

마음의 항아리

인간의 욕심은 끝이 없다
욕구를 모두 채우고자 한다
그러나 쉬운 일은 아니다

명예를 높이고
재산을 늘리고
하고 싶은 것을 다해도
마음은 늘 부족하다

내 마음의 항아리가
욕심을 버려야 한다

모든 것을 다 버리고
물처럼 단순하고 소박하며 담담한 것으로
마음의 항아리를 채워야 한다

맑고 깨끗해야 한다
정직하고 진실돼야 한다

지나가는 바람에 흔들리지 말아라
높은 곳을 향해
마음의 항아리가 활짝 열려 있어야 한다

만남

우리는 세상을 살면서 수많은 사람들을 만난다
태어나는 순간의 만남인 가족에서부터
성장하면서 끊임없이 사람들을 만나게 된다
사회인이 되면서는 매순간 사람을 만난다
눈을 감고 생각해 보라
내 삶 가운데 최고의 만남은 무엇이었던가?
어떤 사람은 친구와의 만남을
또 어떤 사람은 스승과의 만남을
또 어떤 사람은 연인과의 만남을
최고라고 말할지도 모른다
그러나 우리가 반드시 만나야 할 존재가 있다
이미 만나 본 사람도 있고
평생을 만나지 못한 사람도 있다
바로 자기 자신과의 만남이다
자신과의 만남이야말로 최고로 설레는 만남이라 확신한다
자신과의 만남은 어떤 만남보다 감동적이어야 한다

만날 때마다 새로움이 있어야 한다
팍팍하고 피폐한 만남은 스스로 따분해서
견딜 수가 없을 것이다
날마다 새로운 꽃잎을 피워 올릴 수 있어야 한다
과거에 얽매이지 말라
어떤 것에 집착하지 말라
정신의 발목을 붙들어서는 안 된다
자신과의 만남을 통해 새로움을 발견할 수 있어야 한다
어떤 만남보다 신뢰할 수 있는
만남이 바로 자신과의 만남이다
만남의 통로가 열려 있는 한
내 정신의 어깨 위에서 언제든지
잠든 나를 흔들어 깨울 것이다
찻잔을 앞에 두고 검소하게
자신과 만난다면 우리의 삶은 말할 수 없이
풍요로워질 것이다

채찍

남을 탓하기 전에
내 자신을 탓하라
우리는 남을 꾸짖는 데는 너그럽고
'나'를 꾸짖는 데는 인색하다

자신에게 너그럽듯
남을 용서할 수 있다면
삶이 한결 아름다울 것이다

전화기에 대고 욕설을 내뱉거나
길거리에서 버젓이 손사랫짓하며
앙다툼 하는 광경을 우리는 심심찮게
목격하게 된다
내 일이 아니라도 절로
눈살을 찌푸리게 만든다

모든 것이 나보다
남을 탓하기 때문이다
자신의 허물을 보지 못하고
남의 허물만 크게 보기 때문이다

저편 거울 속에 비친 점잖지 못한 사내의 모습이
바로 자신의 모습이었다는 것을 모르고
오늘 하루를 살아간다

우리는 모두가 거울 속에 갇혀 있다
자기 자신만이 거울 밖에 서 있다고
착각하며 살고 있다

우리는 자기 자신을
꾸짖을 줄 알아야 한다
꾸짖을 때는 혹독하게 꾸짖어야 한다

내 자신의 적은
자신에게 너그러운 삶의 태도이다
시시때때로 자신의 내면을 향해
날카로운 채찍을 들이대야 한다

이것이 진정한 삶의 방식이다

비뚤어진 나무

숲속의 나무들도
투정을 부리는지 모른다
사찰의 뒷산 언덕빼기에는
곧은 소나무와 비뚤어진 소나무가
한데 엉켜 있었다

산책길에 나무들의 투정이 들린다고 하면
내게 너무 주책이라 할지도 모르나
나는 분명히 그렇게 들었던 것이다

비뚤어진 나무는
자신의 못난 운명을 받아들이며
묵묵히 살아온 세월이
오래인 듯하다
그러나 곧은 나무는
반듯하고 제법 살이 올라 크게 자랐지만,
불만이 많은 것이다

평생을 한 곳에 박혀 지내야 하는 자신의 고통
햇빛이 산자락에 가려 그늘을 이고
살아야 하는 불행!
비뚤어진 나무들이 아무렇게 손을 뻗어
자신의 몸뚱이를 휘감는 수모

어느 날 등산객이
숲속의 나무들을 보았다
그는 곧은 나무 발목을 톱으로 잘라
저쪽으로 버린 다음
조심스레 비뚤어진 나무의 뿌리를 팠다
그리고 천으로 뿌리를 감싸서
집으로 가져온 다음
영양분이 골고루 섞인 흙속에
정성껏 비뚤어진 나무를 심었다

불평은 결국 자신을 죽이는 것이다
묵묵히 견뎌낼 때 새로운 세상이
기적처럼 열리는 것이다

뿌린대로 거둔다

부처님도 밭을 갈고
씨앗을 뿌리셨다
쟁기는 마음의 눈을 뜨는 것이요
물소는 부지런한 수행이요
수확은 사랑과 자비다

깨달음과 중생제도의 열매를 위해서
열심히 수행을 해야 한다

현대인들은 마음만 조급하다
땀 흘리는 농부의 마음을 모르는 것이다
봄에 뿌리고 여름에 가꾸며
가을에 거두어 겨울을 나는 것이다
이것이 일상적인 생활이다

그러나 현대인들은 오직 일확천금만 바란다
한순간에 모든 것을 얻고 해결하려고 한다

결실이란 한순간의 일이 아니다
오랜 세월 고난 속에서 인내로 기다려 온 날들의
축복인 것이다

결실이란 또한 혼자만의 힘이 아니다
협동하여 일하고 서로를 위해 기도할 때
머리 위에 조용히 내려오는 달란트다
더불어서 사는 일
불교의 핵심은 바로 여기에 있다

산책로를 따라 걸어라

당신은 하루에 얼마나 걷는가
걷는 삶은 건강한 삶이라고 정의할 수 있다
걸을 때에 우리는 충만함을 느끼게 된다
내 인생의 앞뜰과 뒤뜰을 살필 수가 있다

한 발짝 한 발짝 내뻗는 걸음 뒤로
묵은 찌꺼기가 빠져나가는 것을 깨닫는다
하루 동안 몸속에 녹아든 모든 긴장이 풀리며
맑은 정신이 열리게 된다

투명한 삶을 살고자 한다면
걷는 행위를 소홀히 하지 말아야 한다
내 마음의 산책로가 길을 따라 펼쳐질 때
우리의 삶은 투명해지게 마련이다

걷는다는 것은 걸을수록
떠나온 세월의 간격을 좁힐 수 있어서 좋은 것이다

누구와 나란히 걷는 길이라면
그 누구와의 거리를 좁히고
그 누구와 둘러친 담벽도 허물 수가 있는
묘약이 되는 것이다

걷기를 멀리하고 차(車)라는 수단에
의지하는 것은 맑고 투명한 삶을
스스로 포기하는 것이다

누가 꾸짖을 것인가

공원의 잔디밭에 들어가는 아이를
꾸짖을 자는 누구인가
길거리에서 담배를 태우는 청소년을
누가 꾸짖어야 하는가

우리는 간섭하기 싫어한다
나와는 상관없는 일이라고 단정 짓는다
아이들의 비행(非行)이 뻔히 눈에 띄는데도
내 자식이 아니라는 이유로 스쳐버린다

그러나 명심할 일은 모두가
우리의 아이들이란 사실이다
낳은 것은 두 사람이지만 가르치는 것은
우리 모두의 몫인 것이다

아이들의 비행은
우리 사회를 녹슬게 만든다

녹이란 한번 슬기 시작하면 거침이 없다
누구라도 맨 먼저 보는 사람이 녹의 흔적을
벗겨내야 한다

그리고 틈날 때마다 갈고 닦으며
빛을 내야 한다
녹슨 자국은 감시를 소홀히 하면
다시 녹이 슬게 마련이기 때문이다

아이들의 육체와 정신은
맑고 깨끗해야 한다
이른 나이에 육체와 정신이 병(病)들어 가는 것을
팔짱 끼고 지켜보아서는 안 된다
모두가 내 자식들이기 때문이다

일하는 즐거움

남자는 일하는 보람에 살고
여자는 애정의 꽃밭에서 산다는
말이 있다
남자뿐만 아니라 요새는 가리지 않고
일하는데 분주하다

일하는 순간은 즐거움이 되어야 한다
기쁨 없는 노동이란 천한 것이다
슬픔 없는 노동도 천한 것이다
노동 없는 슬픔도 천한 것이다
노동이 없는 기쁨도 천한 것이다

인간은 일을 할 수 있을 때 행복하다
어떤 사람도 일하겠다는 의지만 있다면
무한히 힘이 솟는다
노동이 집안에 들어오면
가난은 대문 밖으로 도망친다

그러나 노동이 잠자고 있으면
가난이 창문을 열고 슬그머니 들어오게 된다

일하지 않고 얻을 수 있는 것은
가난뿐이다
일이란 즐거움 뿐만 아니라
행복을 가져다 준다

사람들이여
행복하기 바란다면
당장에 밖에 나가 일을 하라!

지식(知識)

아는 것이 힘이라는 말이 있다
좋은 말이다
알아야 면장도 하는 것이다
지식이란 누구나 마음만 먹으면
쌓을 수가 있다
역사도 익히고 문화도 익히면
그것이 바로 나의 지식이 되는 것이다

그러나 지식이 가치로 연결되려면
실천이 뒤따라야 한다
말하자면 지행일치(知行一致)가 되어야 하는 것이다

어른을 공경해야 한다는 것을 알면서도
버르장머리가 없다면 지식은 있으나
그 지식의 가치는 형편없는 셈이다
민주시민은 세금을 제대로 내야 한다고 알면서도
한 푼이라도 속이려고 한다면
지행불일치(知行不一致)가 되는 것이다

우리 사회는 지식이 넘쳐나는 사회다
지식뿐만 아니라 온갖 정보도
홍수처럼 넘쳐나는 사회이다

나는 감히 말하고 있다
그 지식과 정보를 가치로 연결하지 못하면
아는 것은 다만 무용(無用)의 산물일 뿐이다

행복의 정도

인간의 특징은
행복에의 욕구다
남성이건 여성이건
누구나가 행복하기를 원한다

인간의 어떤 행동도
결국에는 행복의 추구와
맞닿아 있다

그러나 행복에 대한
장애는 지나친 행복을 바라는 일이다
행복도 넘치면 과욕이 되는 것이다

인생의 여백에는
적당한 슬픔이나
적당한 고독 같은 것들이
얼마쯤 있어야 한다

자유의 여신상을 보면
자유만이 떠오르는 것이 아니다
억압과 폭력이 저쪽편에
공존하고 있음을 알아야 한다

행복이란
지나치면 넘쳐서
불행의 씨앗을 틔우는 것이다

사랑하라! 자신을

우리가 누구를 사랑하는 것보다
자신을 먼저 사랑해야 한다
자신을 사랑할 줄 아는 사람이
남을 사랑할 줄도 아는 것이다

자신을 사랑하는 방법은 무엇인가
무엇보다 자신의 소중함을 알아야 한다
세상에서 하나밖에 없는 존재의 가치를
인정하고 세상의 필요에 의해
내가 현재 서 있음을 받아들여야 한다

자신의 아픔을 다독이고
자신의 목소리에 귀 기울일 수 있어야 한다
내가 넘어질 때 스스로 손을 뻗어
잡아줄 수 있어야 한다

자신을 사랑할 줄 아는 사람은
몸을 낮출 줄도 안다
방만한 행동으로 위험에 빠지게 하지 않는다

자신을 사랑하는 일은
결코 쉬운 일이 아니다
누군가를 사랑하기 전에는
반드시 자신을 사랑할 수 있어야 한다

자신을 향한 사랑은
철저한 채찍과 반성이 전제되어야 한다
자아성찰의 연속에서
자신의 사랑은 완성된다

그때 비로소
누군가 사랑할 준비를
할 수 있다는 점을 명심할 일이다

침묵

침묵의 시간만큼
내면에서 잎이 피어오른다
입을 여는 시간이 길어질수록
내면은 건조해져서
사막의 가시가 돋게 된다

수행을 한다는 것은
입을 꺼내 바랑 속에 담아두는 일이다
정처없이 걷다가 가는 길을 물어올 때
몸속에 피워 올린 잎새 하나
꺼내 보일 수 있는 사람은
깨달음의 경지에 오른 셈이다

침묵이란 사막의 나무에도
잎을 피워 올리는
내면의 속삭임이다

떠난 뒤에야

사람은 죽어서 이름을 남기는 것도 중요하다
그러나 비록 이름을 남기지 못한다 하더라도
죽은 뒤끝이 아름다워야 한다
임종의 순간에 떳떳할 수 있는 삶이 아름다운 삶이다

삶을 마감하고 마지막 떠날 때에
이웃으로부터 아까운 사람이었다는 말을
들을 수 있는 사람은 제대로 살았던 사람이다

부귀나 지위, 명예와 영광 등에 관계없이
그런 말을 들을 수 있다면 올바르게
살다 가는 것이다

이승을 떠날 때는 마지막 뒤안길에서
누군가의 가슴에서 날카로운 비난의 소리를
들어서는 안 된다

우리는 죽을 때에 자신을 그리워할
이웃을 곁에 둘 수 있어야 한다
죽음이란 비로소 자신의 전(全) 생애가
완전하게 평가받는 의식이다

나의 사랑관 1

사랑은
활활 타오르는 모닥불보다
뜨겁다
그대에게 다가서기도 전에
빨갛게 불이 붙는다
눈빛으로 타들다가
가슴에 불이 지피면
걷잡을 수가 없다

영혼이 타들어간다
그 열정이 깊은 곳에
이르지 못하면
타닥, 타닥 생솔이 타듯
기약할 수가 없다
사랑마저도 불확실한 시대에
우리가 살아가고 있기 때문이다

활활 타오르는 것만이
사랑의 모습이라고 말하지 말라
영혼이 타들어간다고 또한
사랑을 이루는 것이 아니다
차갑게 얼어가는 연못의 한 점에서도
연꽃은 빨갛게 피어나는 법이다

식어가는 영혼의
손을 붙들어 가슴 깊이
받아들일 수 있는 사랑이어야 한다
모닥불은 타오를 때만 뜨겁지만
사랑은 사위어들 때 더욱 뜨거운 법이다

마칠 때까지
뜨거울 수 있는 열정이
바로 사랑이다

내 벗이 누구인가

내 벗이 무엇이냐 하면
수석송죽달[水石松竹月]이라 말하련다
그 옛날, 어떤 시인이 다섯의 벗을 논했다는데
세월이 무심히 흘렀어도 그 정취 남아 있으니
그 옛날 그 선비의 심정을 어느 정도
알 수 있을 것도 같다

물은 고이지 않음이 좋아
물 흐르던 곳에 발 담그며 벗이 되었다
어떤 처지에서도 자신을 드러내지 않으며
모든 것을 포용하는 너그러움

돌은 내면의 생명력을 키우며
스스로 단단해져
변하지 않는 모습
발밑에 두면 항상 가는 길이 의젓하다

소나무, 늘푸른 기상
세월의 끝, 사나운 바람 차가운 설중(雪中)에서도
굽히지 않는 성품이
내 가슴을 설레게 한다

대나무 그 절개 곧아 결코 비뚤어짐이 없다
몸속이 비었다는 것은 허물이 아니라
지조(志操), 그 비움으로 대나무는
위로 곧게 뻗어나갈 수가 있다

달[月], 저 높은 데서 빛이 다할 때까지
세상을 비추는 그 위대한 생명력
사라지는가 싶더니 다시 기운을 내어
생명력을 키우는 그 의지(意志)
세상의 가장 높은 데서 오직 침묵하며
고요히 떨어지는 신비로움

내 벗들은 오늘도
제자리에서 변함이 없는데
나는 오늘 투정도 많았구나
나무관세음보살…….

사랑의 법칙

이십 대의 사랑은
환상이다
황금빛에 눈이 부셔
현실을 보지 못한다

삼십 대의 사랑은
조건이다
저마다 다양한 잣대로
치수를 재려고 한다

사십 대의 사랑은
정신이다
그대 마음만으로 안을 수 있다면
멀리에서도 행복하다

남자는 사람을 사랑하는 일로 시작하여
여자를 사랑하는 일로 끝난다

여자는 남자를 사랑하는 일로 시작하여
사람을 사랑하는 일로 끝난다

애정에는
하나의 법칙밖에 없다

오막살이집을 황금의
궁전으로 만들어 버린다

사랑하는 사람을 언제나
행복하게 만들어 버린다
이것만이 변치않는 사랑의 법칙이다

육신(肉身)

불가(佛家)에선
인간의 육체를 일컬어
부대자루라고 한다
써억 듣기 좋은 소리는 아니다
그러나 그 이면에 숨은 의미를
깨달을 수 있다면 그런 생각은
금방 사라지게 된다

부대자루에 무엇을 담느냐에 따라
그것의 가치는 엄청나게 달라진다
똥을 담으면 똥자루요
돌을 담으면 돌자루요
돈을 담으면 돈자루가 된다

부대자루 안에 무엇을 채우느냐에 따라서
그 가치가 결정되는 것이다
육체는 정신이 움직인다
육체의 내용물이 바로 정신인 셈이다

정신이 맑고 깨끗한 사람은
육체에서 맑고 향기로운 냄새가 나지만
정신이 어둡고 지저분한 사람은
육체에서 썩은 냄새가 피어날 것이다

인간의 육체에서 정신을 빼버리면
그 가치는 10달러에 지나지 않는다는 말이 있다
우리는 부대자루에 얼마나 많은
물건을 담을 것인가 염려할 것이 아니라
무엇을 집어 넣을 것인가를 염려해야 한다

육체는 투명한 유리와 같다
그 안에서 꽃이 피는 것을
스스로 감출 수가 없다

자연(自然)

자연은 우리의 공동자산이다
개인이 소유하는 순간
자연의 가치는 떨어지고 만다
자연을 어떻게 대하느냐에 따라
관계가 달라진다

마음을 열고 자연 속으로
들어가는 순간
자연과 일체가 된다
그러나 자연의 일부를 자신의 것으로
소유하려고 하면
우리는 자연의 부속물이 되고 마는 것이다

내가 자연의 일부라는 사실을
깨닫기까지는 철저하게 마음을
비워내는 작업이 전제되어야 한다
이것이 바로 수행의 과정이다

비워놓은 마음의 텃밭에
양식의 나무를 심을 수 있어야 한다

삶이 팍팍해지고 메말라 갈 때
비장한 각오로 가슴을 열고
그 나무 잎새 하나 꺼내
메마른 영혼을 어루만질 수 있어야 한다

자연을 마음에 품기 시작하면
그때부터 풍요로운 삶을 펼칠 수가 있다

나의 사랑관 2

사랑은
나이를 갖지 않는다
언제나 자신을
새롭게 만들기 때문이다

사랑은
완전무결한 것이다
인간존재 그 자체이며
어떤 흠결 또한 없는 것이다

사랑은
눈에 보이지 않으므로
영원히 존재한다
결코 시야에서 사라질 이유가 없기 때문이다

사랑을
추구하는 것은
완전한 인간의 욕구이다

이것만이
완전한
인간의 가치이다

눈[目]과 사고(思考)

눈이 두 개인 것은
사물을 정확하게 보라는 계시이다
하나의 눈으로 사물을 보면
반드시 치우치게 마련이다
당장 한쪽 눈을 감고 이마 밑의
코를 보아라
오른쪽 눈으로 보면
왼쪽에 있고
왼쪽 눈으로 보면
오른쪽에 있다
분명히 한가운데 붙었는데도

눈을 똑바로 뜨고
사물을 응시해야 한다
그러나 눈으로 볼 수 있는 것은
한계가 있다
어디까지나 외형적 모습밖에
볼 수가 없는 것이다

사물의 실체를 정확히 보려면
두 눈을 감아야 한다
투시의 촉수를 내부로 향해야 한다
그래야 캄캄한 어둠 속에서도
사물의 핵심을 정확히 바라보는 것이다

세상은 참으로 아이러니한 것
밝은 데서 바라보는 세상은
오히려 허상일 뿐이다
눈에 맺힌 상이 사라지는 것은
순간적이다
그 아름답던 무지개는 어디에 있는가
진리의 세계는 외부에서
열리는 것이 아니다
투시의 촉수가 내부를 향해
깊어질수록
실체를 드러내는 것이다

두 눈을 똑바로 뜨면 넘어지지 않지만
두 눈을 감고 내면을 들여다보면
깨달음을 얻는다

자유롭게 살라

* 당신은 어떤 부처가 되고 싶습니까?
—나의 귀가 번쩍 열린다

* 딱 한번만 당신의 소원을 들어드리겠습니다
—나의 눈이 번쩍 뜨인다

* 말하는 그 순간에 당신의 꿈은 이루어집니다
—풍행불(風行佛)이요(바람처럼 자유롭게 이곳 저곳 넘나드는 부처)

새벽의 잠꼬대를
바람이 실어가 버린다

인간은 끊임없는
잠꼬대 속에서 살아간다

깨고 나면 현실
잠꼬대를 끝까지 붙들고 가면
서방정토에 이를 것이다

죽지 않고는
자유로울 수가 없다

4. 답게 살라

자기다운 삶은
분수를 지키는 일이다
정도를 넘어서지 않고
자기 분수만큼 차지하고 누릴 때
삶은 소박한 향기로
채워질 수밖에 없다

승려는 승려답게
스승은 스승답게
오늘은 오늘답게 살아야 한다

해탈의 길이
여기에 있다

육바라밀

님에게 아까운 것 없이
무엇이나 바치고 싶은 이 마음
거기서 나는 보시(布施)를 배웠노라

님께 보이고자 애써 깨끗이
단장한 이 마음
거기서 나는 지계(持戒)를 배웠노라

님이 주시는 것이면
때림이나 꾸지람이나 기쁘게
받는 이 마음
거기서 나는 인욕(忍辱)을 배웠노라

자나깨나 쉴 사이 없이
님을 그리워하고 님 곁으로만
도는 이 마음
거기서 나는 정진(精進)을 배웠노라

하고 많은 사람 중에 오직
님만을 사모하는 이 마음
거기서 나는 선정(禪定)을 배웠노라

내가 님의 품에 안길 때에
기쁨도 슬픔도 님과 나의 존재도
잊을 때에
거기서 나는 지혜(智慧)를 배웠노라

님이 그리워

님을 향해
마음을 단장할 때
나는 비로소
충만함을 느낀다

님이 그리워
뜬눈으로 기우는 달을 맞을 때
모든 것을 님께 바치고 싶다

님이 주시는 것 무엇이든지
나의 존재조차 잊으리라

사색의 창(窓)

말(言)은 그 사람의
내면을 밖으로 드러내는 일이다

얼굴을 마주하고 얘기하다 보면
비록 짧은 시간임에도
상대의 내면을 들여다보게 된다

말은 창이다
공교로운 말로
상대를 속이려고 들 때
창에 어두운 빛이 어리게 된다

그러나 겸손이 커서
비록 내면을 숨기고 싶을 때에도
공손한 말은 진실을 드러내고야 만다

말은
그 사람의 인격을
상대에게 보여준다

그러므로 말을 아낄수록
내면은 빛나게 되는 것이다

말이 속에서 영글 때는
사색의 창이 형성되는 것이다

삶은 삶 이후에도

삶은 그 자체로 존재 의미를 지닌다
그 안에 우리는 존재한다
우리는 주체이면서 객체인 삶에
집요한 추파를 던질 필요가 없다
우리가 찾아야 하는 것은
뚫고 나가야 하는 것에 대한 애정이다

잠시
어느 길가에서
나는 지독한 현기증을 느낀다
햇볕이 갸날프게 산란하는 어느 날 오후

죽음은 죽음 이전부터 시작되고
삶은 삶 이후에도 지속된다
삶이 내 앞에 융단처럼 펼쳐져 있어도
우리는 안심할 수가 없다

신이 가르치기 이전에
인간이 먼저 이 사실을
배워버렸기 때문이다

메아리는 돌아온다

남에게 베푸는 삶이야말로
자신을 위해 베푸는 삶이다
불교적으로 보시란 '나'를 위한 것이다

누군가를 위해 힘껏 보낸 메아리는
결국 자신에게 되돌아온다
보시도 같은 이치이다

보시가 쌓인다는 보시통장
죽으면서 유일하게 가져갈 수 있는 것
누군가로부터 받게 되는 보시는
전생에 내가 베푼 보시이다

현실의 통장을 확인하듯
보시의 통장을 확인해야 한다
내가 힘들고 지칠 때 누군가로부터
베푼 보시를 받을 수가 없다면

위험천만한 일이다
한 해 두 해 나이가 들어갈수록
옹색한 자신을 발견하게 된다

베풂에 인색하지 말라
지금 그대가 누군가를 돕고 있다면
훗날 그대가 힘들어질 때
메아리처럼 되돌아올 것이다

감시자

사람들은 대개 남에게는 혹독하고
자신한테는 너그럽다
남의 잘못은 엄격한 잣대를 가지고 재려 하나
자신의 잘못에는 그저 어림으로 넘어가려 한다

남을 감시하기는 쉬워도
자신을 감시하기는 어려운 법이다
감시의 눈을 내면으로 향하지 못하면
절대 자신을 감시할 수가 없다

날카로운 화살을
자신의 심장에
꽂을 수 있어야 한다
그러기 위해서는 정신의 무장이
전제되어야 한다

내부로 향한 활시위를
팽팽히 당겨야 한다
긴장하지 않고서는 자신을
감시할 수가 없는 법이다

팽팽히 잡아당긴 활시위를
망설임 없이 놓아버릴 수 있어야 한다
날아간 화살이 자신의 심장을
명중했을 때에
꽃잎보다 붉은 의식의 꽃잎이
피어 오를 수 있어야 한다

대화(對話)

커뮤니케이션의 진정한 통로는
대화로써 문제를 풀어가는 것이다
마음을 열고 상대의 의견에 귀 기울일 때
해결의 열쇠가 보이게 된다
물과 불처럼 절대적으로 상충하는 문제도
자신의 주장을 상대의 입장에서 생각하게 될 때
포용할 수 있는 여지는 남아 있다

물은 불이 제 몸을 태워 온기를 준다는 사실을
깨닫기까지 그리 오랜 시간이 걸리지 않는다
또한 불은 물이 세상에 없다면
자신의 존재가치가 사라져 버린다는 사실을
즉각 깨닫게 된다
활활 타올라 주체할 수 없을 때
그 화를 모면할 수 있게 하는 것이
물이라는 사실도 알게 된다

사람의 관계도 마찬가지다
처음부터 단단히 벽을 치는 것이 문제다
상대를 이해하려고 마주앉는 것이 아니라
오직 상대를 설득시킬 목적으로 테이블에 앉는다

대화는 일상에서 반드시 필요하다
대화하는 시간이 많을수록 갈등이 줄어들며
삶 또한 윤택해지게 마련이다

다만 가슴 아픈 것은
대화를 할 때마다 다투게 된다는 사람들이
많다는 사실이다
그래서 차라리 입을 닫고 사는 편이
낫다는 사람들이 많다
상대를 배려하는 마음이 수반되지 않을 때
대화는 커뮤니케이션의 통로가 아니라 말싸움의 장이다

마음을 활짝 열고 상대의 말에
귀 기울여야 한다
상대를 설득하기 위해 말을 하기보다
상대를 이해하기 위해 듣는 귀를 열어야 한다
이것이 진정한 대화며, 커뮤니케이션의 통로이다

자신의 눈

우리는
우리 자신의 눈을 소유하기보다
타인의 눈을 먼저 가졌다
따라서 어정쩡한 걸음으로 위태롭게
걸어가는 것이다

자신의 눈이
기능을 다하지 못할 때
타인의 눈을 의지하게 된다
그러나 완전할 수는 없다

진정한 자신의 눈이 필요하다
타인의 눈은
나를 비출 때만 필요한 것이다
자신의 눈을 갖되 타인을 응시하지 말고
자신을 투시해야 한다

자신의 눈이
자기 내부로 향할 때
타인의 눈도
의식할 필요가 없다

젊음과 죽음

젊음이란 다만 나이가 젊다는 것을
의미하지 않는다
나이가 비록 젊은 사람도
정신이 젊지 않으면
젊은 사람이라 할 수 없다
썩은 정신을 소유한 사람은
비록 나이는 젊어도 정신은 죽은 자이며
맑은 정신을 소유한 사람은
비록 나이는 늙었어도
정신은 젊은 자이다
정신과 젊음은 같은 배를 타고 있다
젊음이 넘쳐서 폭력과 방종이 되면
배는 뒤집어질 것이며
죽음의 순간에도 순종과 기도로서
짐을 털어버리면 배는 다시
일어설 것이다
이처럼 젊음이나 죽음이나

경계가 분명한 것이 아니다
한순간 깨어 있으면 젊음을 붙드는 것이고
한순간 잠들어 있으면 죽음을 붙드는 것이다
모든 것이 마음에 달려 있다
젊음의 꽃도 마음만 먹으면 피워 올릴 수가 있으며
죽음의 버섯도 마음이 포자를 만드는 것이다
젊음이란 다만
나이가 젊다는 것을
의미하지 않는다
정신이 젊어야
진정한 젊음인 것이다
정신을 맑히는 일이 무엇보다 소중하다

무소유(無所有)

무소유란 아무것도
갖지 않는다는 말이 아니다
필요 이상을
갖지 않는다는 말이다

비록 필요한 것이라도
정당한 방식으로 취한 것이 아니면
내 것이라 할 수 없다

땀 흘려 일하여 얻는
댓가야말로
진정한 소유라 할 수 있다

무소유란
소유하되 지나치지
않는 것이다

간사하게 얻은 이득은
한낱 욕망의 상징에 지나지 않는다
언젠가는 허물어질 소금기둥을
쌓은 것에 불과한 것이다

무소유란
필요한 것만을 갖되
정당하게 획득한 것을 의미한다

따라서 무소유란
소유와 배척되는 개념이 아니라
소유를 포함하는 개념이다

방하착(放下着)

달을 보는 마음은 선(禪)이요
달을 보라는 말은 교(教)이며
달을 가리키는 것은 율(律)이다
참선만 하는 것도
계율과 문자에만 얽매이는 것도
염불만을 외는 것도
옳은 수행의 방법이 아니다

대자유에 이르는 길은
모든 번뇌와 망상에서 벗어나는
해탈의 길이다

방하착(放下着)하라
일체를 모두 놓아버려야 한다
어머니 뱃속마저
기억에서 지울 수 있다면
해탈에 이를 수가 있다

겉치레와 사치와 모든 치부들을
떼어내야 한다
가리던 의복마저 벗어버리고
알몸이 된다면
사사로운 감정이
생겨날 수가 없다

부처를 만나는 첫걸음이
쉬울 리가 없다

나는 누가 완성하는가

자기를 완성하는 것은
자기 자신이다
부모도 스승도 벗들도
자기를 완성해 준 것이 아니다

재물이 자신을 만든 것도 아니며
지식이 자신을 만든 것도 아니다
자신을 만드는 것은 오직 자기뿐이다

부모가 물려준 부유함도
스승이 전한 온갖 말씀도
자신을 완성하지는 못한다

지식의 창고에 쌓아놓은 것들은
필요할 때만 창고 밖으로 꺼낼 수 있을 뿐이다
지식은 한낱 정보에 지나지 않는다
자신만이 자기의 세계를 만드는 것이다

자기가 자신의 내면을 가꿔 나가야 한다
삶의 언저리 어디에서나 자신의 내면을
살필 수 있어야 한다
인생의 뜨락이 어두워질 때 스스로
등불 하나 밝힐 수 있어야 한다

긴 긴 인생의 노정에서
성찰과 깨달음으로
나를 완성해야 한다

소의 향기

달빛 스러지는
소리가 고요를
밀어내고 있다

본향(本鄕)을 그리워하다
잠깐 졸았더니
꿈속에서 소를 타고 말았구나

날은
밝는데
소풍경 소리가
마음속에 달려 있다

달빛이 외로우니
하루를 내처
기약할 수가 없다

동이 트면
잃었던 소를
찾아 나서야겠다

진정한 가치(價値)

어떤 스승이 제자들에게
오두막집과 기와집 가운데
어느 것을 택하겠느냐고 물었다

제자들은 한결같이
기와집을 택하겠다고 대답했다
스승은 이번에는 오두막집에
보물을 가득 채우고 기와집에는
돌멩이를 가득 채워 넣은 다음
어느 것을 택하겠느냐고 물었다

제자들은 일제히
오두막집으로 달려갔다

눈에 보이는 것만을
최고라고 생각하지 말라

화려한 의상과 값진 보석
잘 꾸며진 가구, 넓은 거실
이것은 허영이다

외적인 것에 시선을 빼앗기면
진정한 가치를 잃어버리게 된다
자기의 내면을
무엇으로 채울 것인지 염려하라

나는 배부른 돼지보다
배고픈 철학자가 되고 싶다

선악(善惡)

선은 나를 복(福)되게 하고
악은 나를 화(禍)되게 한다
선은 마음이 하늘로 향하는데
악은 마음이 땅밑으로 향하는 것이다

마음이 하늘에 닿을 때
하늘은 말없이
복을 내려준다

마음이 땅밑으로 향할 때
하늘은 단호히
재앙을 내려준다

선은 전생애를 두고
우리가 추구해야 할 마음의 양식
악은 전생애를 두고
우리가 배척해야 할 마음의 적

선악은 모두 전생애에
뿌리를 두고 있다
정신의 토양에 따라
선을 피워 올리기도 하고
악을 피어나게도 한다

선(善)은 대개 지위가 낮은 데서 임하고
악(惡)은 대개 지위가 높은 데서 임한다
선과 악을 반드시 분별하라

답게 살라

자기답게 산다는 것은
꾸밈없이 사는 것을 의미한다
비록 사소한 것일지라도
자신을 포장하기 시작하면
진실로부터 멀어지게 된다
사람은 진실이 결여될 때
등을 보일 수밖에 없다

자기다운 삶은
분수를 지키는 일이다
정도를 넘어서지 않고
자기 분수만큼 차지하고 누릴 때
삶은 소박한 향기로
채워질 수밖에 없다

어물전 망신을 꼴뚜기가 시킨다는
말이 있다

우리가 살아오면서
어물전의 꼴뚜기가 되었던 적은 없었는지
한번쯤 되돌아볼 일이다

승려는 승려답게
스승은 스승답게
오늘은 오늘답게 살아야 한다

해탈의 길이
여기에 있다

내 마음 머무는 곳에

깨달음이란
가르치고 배우는 것이 아니다
옹골차게 한 길을 걸을 때에
얻을 수 있는 것이다

인간의 눈으로
사물을 보려 하니
잡생각에서 벗어나지 못한다

나는 나의 근본을 알고 싶다
나는 내가 보고 싶은 사람을
보고 싶다

나는 먹고 싶은 음식도
먹고 싶다
나는 문득 어디론가 훌쩍
떠나고도 싶다

수행은 내 마음에서 비롯된다
내 마음이 여기인데
저 너머에서 수행처를 찾아야
소용없는 일이다

육체와 정신 또한
결코 둘이 아니다
내가 세상에 있으면
내 정신 또한 세상에 있다

내가 세상에 있어도
내 정신이 천국이면
내가 사는 세상이 또한 천국이다

수행(修行)

수행이란
사물의 인식보다
진리의 탐구를 목적으로 한다
자신의 내면을
성찰해야 한다

그리고
수행의 경지에 이르면
자타(自他)가 결국
둘이 아님을 깨닫게 된다

수행이란 과정이 중요한 법이다
수행의 종착지는 한순간에
닿는 곳이 아니기 때문이다
매 순간 체험을 통해 한 발짝씩
다가서는 것이다

자기의 내면을
깊이 성찰할수록
진리의 세계 역시
깨달음의 문을 활짝
열어 보인다

수행의 가치는
진정 여기에 있다

경쟁과 협력

인간으로 살아가는 것이
그리 쉬운 일은 아니다
매사에 경쟁을 해야 하고
남보다 앞서야 하기 때문이다
때로 이웃 간에 치열한 경쟁을 하는
인간의 모습을 보면
인간이란 참으로 치사한 존재처럼
여겨질 때도 있다
손님도 더 많이 받아야 하고
옆의 친구를 눌러야 한다
인간의 비극은 제한성에 있다
인간은 소유욕이 강하기 때문에
한정된 대상을 두고 경쟁하기 마련이다
출생한 순간부터
경쟁체제에 들어간다
관심도 더 많이 받아야 하고
더 좋은 옷을 입어야 하고

좋은 학교에도 들어가야 한다
이것은 인간의 숙명일지도 모른다
그러나 우리 사회는
경쟁보다 협력을 더 요구하고 있다
하나를 싸워 차지하는 것보다
힘을 합쳐 세 개를 만드는 일이
더 현명할지도 모른다
경쟁에서 이겼다는 것은
칭찬할 일은 못된다
우리 사회가 위대하다면
경쟁보다 협력을 통해
더 많은 것을 이룩할 수
있기 때문이다

〈지금〉 이 자리

미래를 꿈꾸는 자여
내일을 위해 무엇을 계획하기보다
오늘 이 자리에서 최선을 다하라

불꽃은 타는 그 순간만이 최상이다
단단한 나무가 불꽃으로
산화(散花)할 수 있는 까닭은
현재에 충실하기 때문이다

사람들은 지나치게 과거에 집착한다
사라져 버린 날들은 허공에 매달려 있을 뿐인데
인간은 그 고삐에 얽매여 나아가지 못한다
소가 뒷걸음치지 못하듯
시간 또한 뒷걸음치지 못한다
과거에 얽매이는 것은
인간의 어리석음이다

또한 미래를 예측하지 말라
오늘 이 순간도 다함이 없는 우리가
미래를 기약할 수는 없는 일이다
내일을 위한 꿈마저
허공에 쏟아놓고 하루살이는
죽어가더라!

현재를 철저히 할 수 있어야
삶이 빛을 발할 수 있다
과거는 이미 지나가 버렸고
미래는 아직 오지 않았으니
모든 삶이 현재에 걸려 있다

인간과 자연의 차이

자연은 사람을 살리고
사람은 자연을 죽인다
오염된 환경을 자연이 정화하면
인간들은 달겨들어
단박에 죽여버린다

자연은 인간의 행위를
받아들인다
몸살을 앓고 죽어가면서도
환경을 위해 안간힘을 쓴다
인간이 오염 속에 죽어가는 것을
자연은 바라지 않기 때문이다

인간은 자연을 거부한다
하늘에서 비를 뿌리면
인간들은 우산으로 철컥 막아버린다

그러나 산과 들, 강
거기 박힌 나무들은 오롯이 비를
몸속에 받아들인다
그 양분을 먹고 살아가는 것이다

비가 오면 공작새는 날개를 활짝 펼친다
묵은 때를 씻어낼 시간이란 것을
알기 때문이다

이것이
인간과 자연의
근본적 차이다

죽어야 산다

사람들이여!
하루 하루를 철저히 살고
하루 하루를 철저히 죽어라
삶이란 에너지를 소비하는 일
몸에 축적한 에너지를
남김없이 소비할 때
하루를 온전히 살아낸 것이다

하루, 남은 힘마저 쏟아버리면
눕는 일이 홀가분하다
뇌리에 떠도는 잡념들을
철저히 죽여야 한다
하루를 마감하고 죽는 일은
부활을 위한 과정에 지나지 않는다

죽음은 재생이다
다시 태어난다는 말이다

하루에도 수십 번 나고 죽음을
거듭해야 한다
그래야 삶이 단조롭지 않다

인간은 날마다 거듭거듭 변해야
살 수 있는 것이다
정체된 삶은 죽음이나 마찬가지다
변하지 않고는 살 수가 없으며
죽지 않고는 다시 태어날 수가 없다